जेम्सबाण्ड का बाप
हवलदार बहादुर
चित्रांकन : बैदी
लेखक : विनय प्रभाकर
एक सुबह थाने में—
फटाक
ठांय धांय
फूट
आंय...!
सर! लगता है, बदमाशों ने थाने पर हमला कर दिया है।
तो उनका मुकाबला करो।
थाने में भगदड़ मच गई।
ठांय
ठांय
बदमाशों की इतनी हिम्मत? भूनकर रख दूंगा सालों को।
ठांय
ठांय

कुछ क्षण बाद–
आंय! ये तो सिर्फ आवाजें हैं। गोली तो एक भी चलती दिखाई नहीं दे रही।
मैं देखता हूं।
अरे...!
ठांय
फुट
फटाक!
अगले क्षण –
फट...फट फटाक
यह कार किसकी है?
कौन है बे?
फटाक...फुट...ठांय
हवलदार बहादुर, तुम?
हां जी, ही... ही ...ही...!
य...यह कार तुम्हारी है?
हां जी। कैसी लगी आपको? ही...ही...ही...!

शटअप! पहले इसका इंजन बंद करो।
कोशिश तो कर रहा हूं साहब मगर बंद ही नहीं हो रहा।
तभी इंजन अपने आप बंद हो गया।
बंद हो गया ही... ही... ही...!
त...तुम इस खटारा को यहां क्यों लाए हो?
आपको दिरवाने भाए हैं साहब।
जानते हो, तुम्हारी इस खटारा के कारण गलतफहमी फैल गई थी।
गलती हो गई साहब! पिछले केस में मिली इनाम की रकम से यह कार खरीदी है। चलिए, आपको सैर करा लाता हूं।
नहीं, मुझे कहीं नहीं जाना। तुम फौरन यह खटारा यहां से ले जाओ।
हम तो जाने के लिए ही आए हैं जी। हमारी छुट्टी मंजूर हो गई है। कल हम चम्पाकली के साथ इस कार में भारत भ्रमण के लिए निकल रहे हैं।
खुशी हुई सुनकर। कुछ दिनों के लिए तुमसे पीछा तो छूटेगा।
नहीं साहब! हम अपने जैसा ही एक अन्य सेवक आपकी सेवा में छोड़कर जायेंगे। ही... ही... ही...!
क्या मतलब?

ओय टुण्ड, बाहर आजा।
आया फूफा।
साहब, यह हमारा टुण्ड है।
नमस्ते।
मगर यह टुण्ड क्या होता है?
टुण्ड?
टुण्ड इसका नाम है जी। हमारी पत्नी के भाई का लड़का। आप इसे अपनी सेवा में ले लो।
इस कार्टून को? तुम्हारा दिमाग तो ठीक है हवलदार?
अंग्रेजी में मणे गाली बकी। अभी बताता हूं।
ओय टुण्ड, ठहर जा।
ओये, म्हारे फूफा को बावला बता रिया है। रगड़ डालूंगा साले।
शटअप?

मगर दुण्ड ने उनकी बात अनसुनी कर दी।
ओय...धोड़!
तुण्ड...!
तेरी तो....
उफ!
धोड़!
चित कर दूंगा साले।
तुण्ड धोड़ दे...यह हमारे साहब हैं। ही...ही... ही...!
अबे शर्म नही आती। हमारे साहब को पटक दिया। ही... ही... ही!
बंद कर दूंगा साले को।
माफ कर दो साहब! गांव से आया है, इसलिए आपको पहचाना नहीं!
दया करो साहब! वरना चम्पाकली मुझे तलाक दे देगी। आप तो बड़े दयालु हो।
बको मत! मैं इसे जेल भिजवाऊंगा।

खड्गसिंह को सचमुच दया आ गई।
ठीक है, इसे लेकर दफा हो जाओ। अगर यह टुण्ड का बच्चा दोबारा थाने के निकट नजर आ गया तो...।
नहीं आएगा साहब! मैं इसे ले जाता हूँ।
चल बे, गाड़ी में बैठ।
गुरु... गुरु... फूफा बीच में न आता तो चित कर देता साले को।
इसके कारण आज मेरी नौकरी चली जाती। अब मैं इसे नौकरी के लिए कहीं नहीं ले जाऊंगा। इसे वापस गांव भेज दे।
ठीक है, कल तो हम घूमने जा रहे हैं। वापस आकर भेज देंगे। हमारे पीछे टुण्ड घर की देखभाल कर लेगा।
कुछ देर बाद—
संभाल अपने टुण्ड को। खड्गसिंह को ठोक दिया इसने।
हाय राम!
उसी दिन शहर में चम्पकलाल जौहरी की दुकान पर—
कोई अपनी जगह से नहीं हिलेगा।
भूनकर रख देंगे।
ड... डाकू!
डरो मत चम्पकलाल! हम तुम्हें मारेंगे नहीं।
बस, अपने कीमती हीरे हमारे हवाले कर दो।

जेम्सबाण्ड का बाप हवलदार बहादुर
म...मेरे पास हीरे जहीं हैं।
बको मत! जल्दी हीरे निकालो, वरना गोली चल जाएगी।
अगले पल—
य...यह मेरी खून-पसीने की कमाई है।
ठीक है... ठीक है।
काफी कीमती हीरे हैं।
इन्हें संभालकर रख लो और यहां से चलो।
वे जैसे ही जाने के लिए मुड़े।
डाकू... पकड़ो... बचाओ...!
ओये चुप।
धांय
फिर वे दोनों हवाई फायर करते हुए दुकान से बाहर निकल आए।
धांय
धांय
आह!

धांय
ज़ूSSS

उधर हवलदार बहादुर गाड़ी में तेल डलवाकर लौट रहे थे।
फुट
फटाक
फट

गाड़ी में लगा रेडियो ऑन था।
ओय जल्दी चल गाईइए मैनु यार से मिलना है...
और मैन चम्पाकली से मिलना है। ही... ही... ही...!

तभी अचानक गाना बंद हो गया और एनाउंसर का स्वर उभरा—
अभी-अभी खबर मिली है, दो नकाबपोश लुटेरों ने जौहरी चम्पकलाल की दुकान में घुसकर उन्हें गोली मार दी है और उनके कीमती हीरे लेकर मोटर साइकिल पर भाग निकले हैं। पुलिस लुटेरों की तलाश में है...!

आंय! नकाबपोश लुटेरे! मुझे नजर आ गए तो हवालात में बंद करके सड़ा दूंगा सालों को।

तभी—
अरे, यह तो नजर आ गए।

ओये, ठहर जाओ।
उन्होंने तुरंत गाड़ी मोड़ी।
छोड़ूंगा नहीं साले! मेरा नाम हवलदार बहादुर, उर्फ इंडियन जेम्स बाण्ड है।
अरे! एक खटारा गाड़ी हमारा पीछा कर रही है।
मैं किसी गली से मोटर साइकिल निकालता हूं, ताकि वह पीछे न आ सके।
जूँ ऽऽऽ
फुट
फटाक
और—
अब दिखाता हूं अपनी कार का कमाल।
गली में जा रहे हैं। कोई बात नहीं।
जूँ ऽऽऽ

अगले पल—
घर्र...घर्र
देखने वाले हैरान थे।
अरे! उस कार को देखो।
शायद जेम्स बाण्ड की कार है। उसकी एक फिल्म में मैंने ऐसा ही दृश्य देखा था।
कैसे चल रही है यह?
ओह! कोई खतरनाक आदमी हमारा पीछा कर रहा है।
हे...हे...हे...आ रहा हूँ सालो...तुम्हें हवालात में सड़ाऊँगा।
कुछ देर बाद—
धाड़

यह पुल केवल दोपहिया वाहनों के लिए है।
अब वह हमारे पीछे नहीं आ सकेगा।
हां, नदी पार करने के लिए उसे बड़े पुल पर जाना होगा।
तभी–
अरे....!
उफ!
पीं...पीं sss
हे...हे...हे....! तुम्हें छोड़ूंगा नहीं बच्चू!
म...मैंने कार को पहली बार उड़ते देखा है।
यह आदमी तो मुझे जेम्स बाण्ड का बाप लगता है।
अगले पल–
अभी ठिकाने लगाता हूं साले को!
धांय
ओये!
हवलदार ने तुरंत अपनी चमत्कारी कार में लगा एक स्विच दबाया।
सर्र...र...र...
शूं sss

उफ !
यह क्या मुसीबत है ?
हे....हे....हे !
धाड़ !
हवलदार ने दूसरा स्विच दबाया ।
अरे...!
ताड़ ताड़
उफ ! टमाटर !
लगता है, कोई भूत हमारे पीछे लग गया है ।
फच फचाक
मुझे तो जादूगर लगता है साला ।
ही...ही...ही...! अभी तो सड़े अण्डे भी मारूंगा सालो ।
भागो !
ही...ही...ही...भाग रहे हैं । पुल के बाहर घेर लूंगा सालों को ।

धाड़
हे....हे....हे....! अब देखलूंगा उन दोनों चपड़ कनातियों को।
कुछ ही देर में–
अरे !
यहां भी पहुंच गया
हवलदार ने जैसे ही उन्हें अपनी ओर बढ़ते देखा।
या sss
मगर यह तो सींकिया पहलवान है उस्ताद।
हां, पकड़ लो साले को !

ईं s s s
अ...आ s s s
बहुत उछल रिया है साला।
घेर लो साले को। मैं तो इसकी कार भी भगा ले जाऊंगा।
तो फिर आ जाओ।
या हू s s s
ढिशुम
धाड़
आह!
मेरा नाम हवलदार बहादुर है। हवालात में बंद करके सड़ा दूंगा सालों!
बाक

गर्दन तोड़ दूंगा साले।
अबे ओये, सामने से आ।

और—
इसे कहते हैं धोबी पाट।
छ्याड़

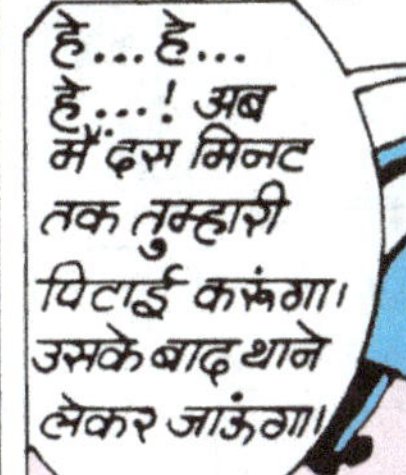
हे...हे...हे...! अब मैं दस मिनट तक तुम्हारी पिटाई करूंगा। उसके बाद थाने लेकर जाऊंगा।

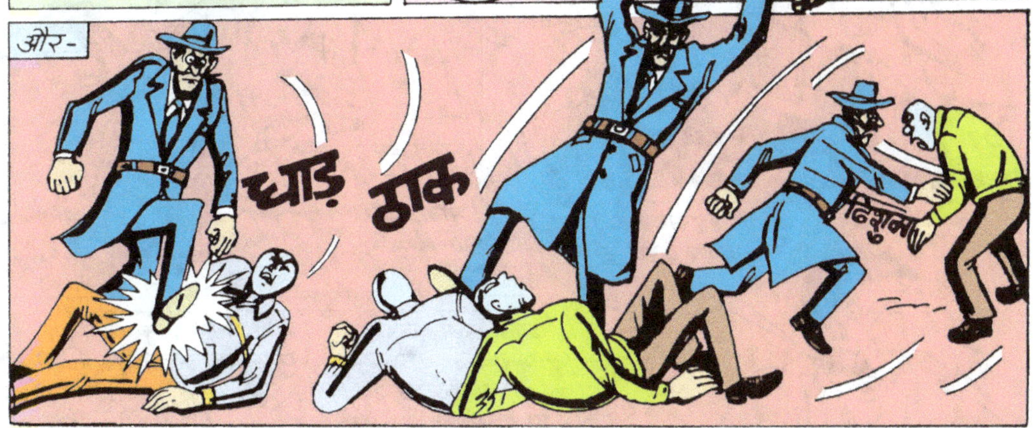
और—
घ्याड़
ठाक
घुन्ना

लेकिन वास्तविकता यह थी।
याSSS

और सुनकर तुण्ड ने भीतर झांका—
आंय! लगे हैं, म्हारा फूफा बावला हो गया है। ही...ही...ही...!

तुण्ड फौरन चम्पाकली के पास लपका।
बुआ, मणे लगे है फूफा की खोपड़ी घूम गई है। कमरे को अखाड़ा समझ रियो है... सब सामान तोड़ डाल्यो है!
हवालात में बंद करके सड़ा दूंगा सालो!
अरे! क्या हो गया तुम्हें?
चल, मैं देखती हूं।
धाड़!
होश में आओ।
उफ!
धाड़!
नीचे गिरते ही वह होश में आ गए।
आंय! मैं कहां हूं?
अपने घर में हो! क्या दिमाग चल गया है?
ओह! इसका मतलब, मैं सपना देख रहा था।
आग लगे तुम्हारे सपने को। मेरे घर का बाजा बजाकर रख दिया।
मणे तो समझा था, फूफा का भेजा घूम गिया है। ही... ही... ही!
जी हां, यह सपना ही था। वास्तव में हवलदार ने लूट की वारदात की खबर सुबह के अखबार में पढ़ी थी।और पढ़ते-पढ़ते ही सपने में खो गए थे।

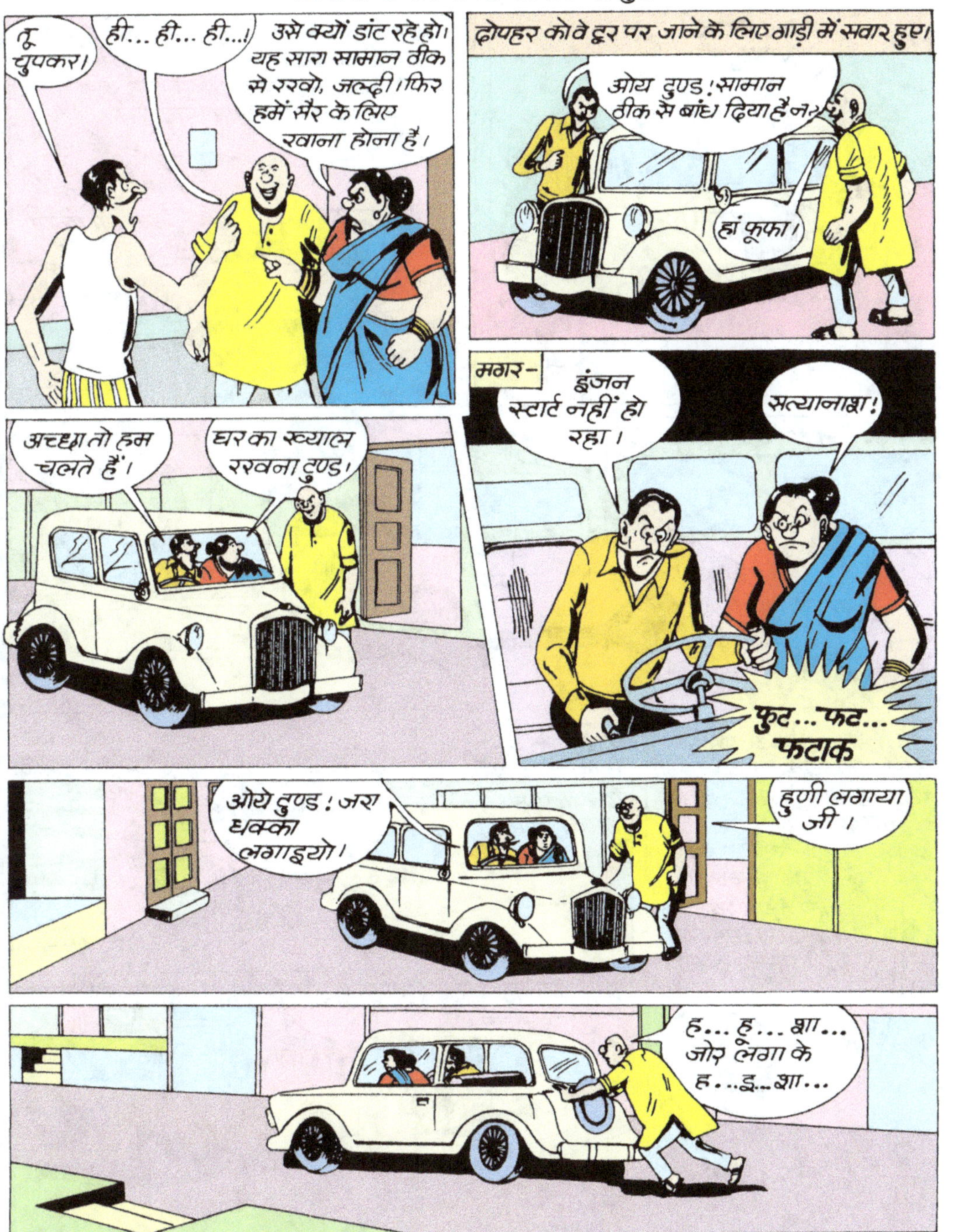
तू चुपकर।
ही... ही... ही...!
उसे क्यों डांट रहे हो। यह सारा सामान ठीक से रखवो, जल्दी। फिर हमें सैर के लिए रवाना होना है।
दोपहर को वे टूर पर जाने के लिए गाड़ी में सवार हुए।
ओय तुण्ड! सामान ठीक से बांध दिया है न?
हां फूफा।
अच्छा तो हम चलते हैं।
घर का ख्याल रखना तुण्ड।
मगर—
इंजन स्टार्ट नहीं हो रहा।
सत्यानाश!
फुट...फट... फटाक
ओये तुण्ड! जरा धक्का लगाइयो।
हुणी लगाया जी।
ह...हू...आ... जोर लगा के ह...इ...आ...

हो गई स्टार्ट! शाबाश टुण्ड!
घर्र...र्र...

इब तो हो गयी सै, पर म्हारा एक मब्बावरा मान लियो फूफा। तुम द्वो घोड़े भी साथ ले जाओ सैर पर। यो खटारा जहां बंद होवे, घोड़े जोत लियोइस में।
ही...ही...ही... बहुत मजाकिया है तू।

फिर उन्होंने गाड़ी हौंडा दी।
टूं...ठांय...ठाक

ही...ही...ही....! अब तेरी सारी शिकायतें दूर हो जाएंगी चम्पाकली। पूरे शहर की सैर करा दूंगा तुझे।
हुंह...मुझे तो लगता है, यह खटारा हमें शहर से बाहर भी नहीं पहुंचा सकेगी।
गाली मत दे गाड़ी को। अभी दिखवाता हूं। तुझे इसकी चाल।
फटाक...फटाक

एक मोड़ पर—
अजी रोको!

उफ!
आह!
धाड़
कौन उल्लू का बच्चा है। टांग उखाड़ कर हाथ में दे दूंगा।
अरे बाप रे!
मेरी गाड़ी की हार्न के अलावा सारी चीजें बजती हैं। अब गाड़ी हटाओ रास्ते से!
फिर उस व्यक्ति ने हवलदार को कार से बाहर खींचा और–
हवलदार? यानी पुलिस, मतलब कानून? ही...ही... ही! तो आपने हार्न क्यों नहीं बजाया था जी?
क्या तू अंधा है साले?
धाड़
नहीं, मैं हवलदार हूं, छोड़ दे।
मनोज कॉमिक्स में पढ़िए– मायावी सर्प और अग्निपुत्र
एक बार फिर उन्होंने यात्रा आरंभ की।
जरा ध्यान से चलाया करो जी। किसी खतरनाक आदमी से टकरा गए तो तुम्हारा मुंह तोड़ डालेगा।
ओये चुपकर! हवालात में बंद करके सड़ा दूंगा साले को।

रात के समय वे एक सुनसान सड़क से गुजरे –
मुझे तो डर लग रहा है जी, कहीं आबादी नजर आए तो रात वहीं गुजार लेंगे ।
ओये, तू डर मत, मैं जो हूँ तेरे साथ ।
तभी –
फुट...फटाक
क्या हुआ ?
इंजन गर्म हो गया है । थोड़ी देर यही रुकना होगा ।
उन्होंने बोनट खोला और –
आई... ई... ई... जल गया ।
क्या हुआ जी ?
क... कुछ नहीं; हाथ जल गया ।
यहां से जल्दी निकल चलो जी । मुझे तो बहुत डर लग रहा है । जंगल से कोई भूत निकल आया तो ?
चुप करके बैठ जा । गाड़ी ठण्डी करनी है ।
भाड़ में जाओ ।

जेम्सबाण्ड का बाप हवलदार बहादुर
रेडीयेटर खुलते ही—
उफ!
और—
ओह!
धाड़
झूंSSऽऽ
अबे ओये, सड़क पर क्यों लेटा है? हवालात में बंद करके सड़ा दूंगा साले।
मगर उस व्यक्ति की ओर से कोई उत्तर नहीं मिला था।
आंय....! यह तो मरा हुआ है।
क्या हुआ जी?
चम्पाकली, टॉर्च लेकर बाहर आ, यहां एक लाश पड़ी है।
लाश....?
य...य... यह भूत तो नहीं है?
चुप कर, टॉर्च मुझे दे।

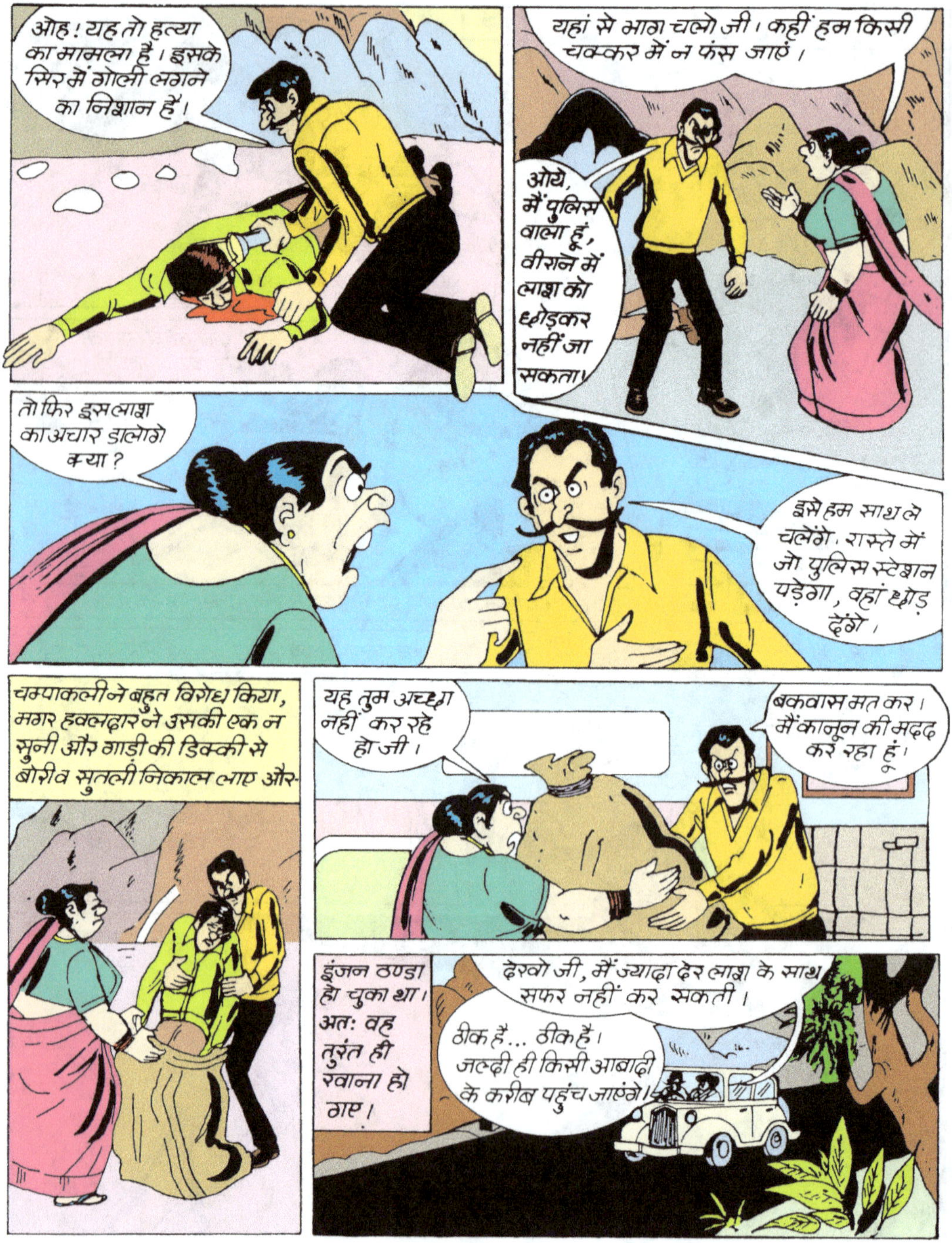

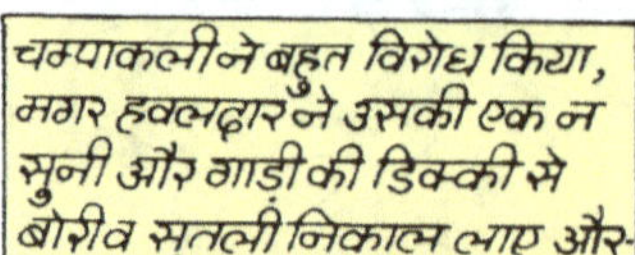

चम्पाकली ने बहुत विरोध किया, मगर हवलदार ने उसकी एक न सुनी और गाड़ी की डिक्की से बोरी व सुतली निकाल लाए और–

पचास-साठ किलोमीटर की यात्रा के बाद-
मुझे तो लगता है, इस सड़क पर कोई गांव या कस्बा है ही नहीं।
मेरी बात मानो तो इस लाश को फेंक दो जी।
तू उस लाश को भूल जा। मरे हुए आदमी से क्या डरना।
मगर तुमने गाड़ी क्यों रोक दी?
मैं जरा सू...सू करके आता हूं। ही...ही...ही...!
जंगल में मत जाओ, कोई भूत मिल जाएगा।
ओये, मैं भूत की लंगोटी उतारकर हाथ में दे दूंगा।
तभी-
यही आया है गाड़ी में।

अगले पल—
हैण्डस्अप!
ओये!
क... कौन हो तुम?

मेरा नाम रूपट है बेटे। बहुत खतरनाक आदमी हूं। समझ ले, मैंने तेरा अपहरण कर लिया है।
अ... अपहरण?

हां, चल अपनी गाड़ी में।
यह बंदा सचमुच खतरनाक लगता है।

हाय राम। यह कौन है?

जल्दी ही—
चल बे, गाड़ी स्टार्ट करके जिधर से आया है, उधर ही मोड़ ले!

हवलदार ने आदेश का पालन किया—
तुम हमें कहां ले जा रहे हो खतरनाक भाई?
ओये, चुपचाप गाड़ी चलाता रह!

मैंने कहा था ना, जंगल में मत जाओ। मगर तुम मेरी सुनते कहां हो। अब पड़ गई ना मुसीबत गले में।
ओये! चुप होकर बैठो, वरना खोपड़ी उड़ा दूंगा।
तभी-
उफ!
ओये! इस बोरी में क्या है?
वो...म... मेरा मतलब है, सामान है हमारा।
अगर इसे पता चल गया कि बोरी में लाश है तो पता नहीं क्या करेगा?
गाड़ी अब पचास - साठ किलोमीटर वापस आ चुकी थी। फिर वे ठीक उसी स्थान पर पहुंचे, जहां से उन्होंने लाश उठाई थी।
गाड़ी रोको।

गाड़ी रुकते ही-
चाबी मुझे दो और हैडलाइट ऑन ही रखना।
भागने की कोशिश न करना, वर्ना गोली मार दूंगा।
यह कहां जा रहा है?
ऐसा लगता है, कुछ ढूंढ रहा है।
यहां क्या ढूंढेगा?
मुझे क्या पता? तू चुप नहीं बैठ सकती?
चुप बैठने से काम नहीं चलेगा। तुम नीचे जाकर उससे तमंचा छीनने की कोशिश करो।
और उसने गोली मार दी तो?
ठीक है, तो मैं जाती हूं।
ओये, ठहर जा। मैं भी आता हूं।

आहट सुनकर रूपट चौंका—
वहीं रुक जाओ, वरना गोली मार दूंगा।
अरे बाप रे!
नाराज न हो भइया। हम तो तुम्हारी मदद करना चाहते हैं।
हां जी, यह ठीक कह रही है। आप कुछ ढूंढ रहे हैं क्या?
मैं एक लाश को ढूंढ रहा हूं।
लाश!
लाश!
हां, मैं उसे मार कर यहीं डाल गया था, मगर अब वह गायब हो गई है।
त... तो तुम कातिल हो?
हां हूं! क्या कर लेगा तू?
ही... ही... ही...! मैं क्या कर सकता हूं जी? आप तो बड़े महान आदमी हैं।
चम्पाकली इस समय बुद्धि से काम ले रही थी। रूपट को बातों में लगाने के इरादे से उसने पूछा—
लेकिन अब आप उस लाश को क्यों तलाश कर रहे हो?
उसकी जेब में मेरे कुछ हीरे रह गए हैं, इसलिए।

हीरे...?
हां, हम दोनों ने मिलकर शहर में एक जौहरी को लूटा था। फिर यहां से गुजरते हुए हीरों के बंटवारे को लेकर हम दोनों में झगड़ा हो गया था और मैंने अपने साथी की हत्या कर दी थी।
ओह ! तुम तो सचमुच बहुत खतरनाक आदमी हो।
इसलिए कहता हूं, चुपचाप जाकर गाड़ी में बैठ जाओ और मुझे अपना काम करने दो।
चम्पाकली ने हवलदार का हाथ पकड़ा और गाड़ी में ले आई।
कुछ आया समझ में? यह वही लुटेरा है, जिसने चम्पकलाल जौहरी की हत्या भी की है। उसने अपने जिस साथी को गोली मारी थी, उसकी लाश हमारी बोरी में है। लूट के कुछ हीरे यह उसकी जेबों से निकालना भूल गया होगा और अब वही लेने यहां आया है।
ठीक कह रही है तू। यह बंदा खतरनाक है। हमने इसका राज जान लिया है। अब यह हमें भी जीवित नहीं छोड़ेगा।
तो तुम कुछ करो ना।
हवलदार ने कुछ क्षण सोचा–
आइडिया...!
चींटी ने काटा है क्या?
समझ गई न!
उन्होंने चम्पाकली के कान में कुछ कहा–
ही...ही...ही। तरकीब तो अच्छी है जी।

तो ले, तैयार हो जा। मैं उसे बुलाता हूं।
फिर—
भूत... बचाओsss!
ओये, क्या है ?
रूपट लपककर कार के निकट आया।
क्यों चिल्ला रिया है बे ?
ई... इस बोरी में भूत घुस गया है। ऊ... हू... हू!
भूत ? अबे इसमें तो तुम्हारा सामान है।
नहीं। अभी इसमें से किसी के रोने की आवाज आई थी।
रूपट ने बोरी खोली—
अभी देखता हूं।
ई... ई... ई...
ही... ही... ही...! अभी मजा आएगा।

चम्पाकली ने तुरंत अवसर का लाभ उठाया।-
ढक
अहं.... अहं....
वह बेहोश हो गया है। जल्दी से उसे बांध डालो।
अभी कसता हूं साले की दुम में रस्सी।
दोनों ने मिलकर रूपट को बांध दिया।
अब इसका क्या करेंगे?
पुलिस के हवाले करेंगे साले को। आज हवलदार बहादुर के नाम एक और कारनामा जुड़ जाएगा। ही... ही... ही...!
फिर वह तुरंत ही वहां से रवाना हो गए।
तुम किस्मत के धनी हो जी। भला किसे पता था कि यह लुटेरे इस तरह हमें मिलेंगे और हम इन्हें काबू कर लेंगे।
ओये चुपकर। मुझे सब पता था, तभी तो मैंने वह लाश उठाकर गाड़ी में रखी थी। मैं बहुत चालाक बंदा हूं। ही... ही... ही...!
जब खड़गसिंह ने सुबह का अखबार देखा -
चम्पकलाल जौहरी के हत्यारों को सैर पर जा रहे हवलदार बहादुर ने दबोचा।
मनोज टाइम्स
उफ! क्या चीज है वो कम्बख्त! छुट्टी पर जाते-जाते भी कारनामा दिखा गया! काश मेरी भी इस जैसी किस्मत होती। बू... हू... हू...!
ही... ही... ही...! मुझे पता था, खबर पढ़कर यह इसी तरह रोएगा। ही... ही... ही...!

• समाप्त •

मनोज कॉमिक्स में
प्रसिद्ध वैज्ञानिक प्रो. मार्गो पी.पी. के अपहरणकर्त्ताओं से हवलदार बहादुर की जबदरस्त टक्कर
तहलका मचा देने वाला कॉमिक्स विशेषांक
इसे जंगल में छोड़ आ टुण्ड।
पकड़ो इसे। साठ लाख का बकरा है ये।
शाबाश वीरू! टूट पड़ दुश्मनों पर।
अबे रुक जा, नहीं तो हवालात में बंद करके सड़ा दूंगा।
हवलदार बहादुर और
साठ लाख का बकरा
हवलदार बहादुर सीरीज का एक और सनसनीखेज, धमाकेदार
और हा... हा... हा... कारी कॉमिक्स विशेषांक

भारत का सर्वाधिक बिकने वाला हास्य कॉमिक्स

देख रहे हैं न आप, आजकल कैसा स्टाइल मारने लगे हैं अपने हवलदार बहादुर। हां भई, मारें भी क्यों न, तकदीर जो अच्छी है इनकी। करते हैं उल्टा, होता है सीधा।

आपके चहेते हवलदार बहादुर की पंगेबाजियों
से भरा एक और हास्यपूर्ण कॉमिक्स

हवलदार बहादुर और ड्रनाठन दंपल